荣荣……著

中国好诗

第三季

隔空对火

中国青年出版社

荣荣

荣荣 原名褚佩荣，1964年生。出版过多部诗集及散文随笔集，参加诗刊社第十届青春诗会、曾获第4届鲁迅文学奖、《诗刊》《诗歌月刊》《人民文学》等刊物年度诗歌奖、中国作家出版集团优秀作家贡献奖等。

# 中年眼睑的雄鹿之跃

## ——关于荣荣的诗

◎ 霍俊明

向旧事物里寻宽宥之心

——荣荣《文字的杯盘狼藉》

读一个人的诗集，我还是习惯性地先看目录。荣荣这本诗集分为"镜中花""流水书"和"忏悔谣"三个小辑。这约略可以看出一个渐入中年的女性的变更心象，关于时间的生命体验以及接踵而至的焦虑、自问、自白和盘诘也越来越突出，甚至难以化解。

时间绽放了玫瑰，也必然带来最终的灰烬——"我被衰老追上了"。这是如此不甘又无奈的喟叹。诗人曾经在词语和想象中不断追寻的流淌着奶和蜜之地更多是镜中之像、梦中之花，而诗人为此却要付出远比破碎更为酷烈的代价。在光线渐渐黯淡但又远未到黄昏的时刻，在一个人的中年眼睑中我仍目睹了一只雄鹿短暂却足以惊心的跃起。尽管它最终如闪电转瞬即逝，但是我仍在一个人的诗歌里看到了它或隐或现的身影，听到了黄昏和暮晚里它低低但有力的鸣叫。我这里所提出的"雄鹿"并不是生物和性别意义上，而是对于诗人的注视和体验甚至想象而言，这是一个陌生的、新鲜的、激动的和异己的象征物——"告诫后来者：心灵是非现实的小鹿／也许只需要更多想象的草料"（《艾达的又一次邂逅》）。而这对于诗歌写作状态而言是多么令人向往的时刻，尽管往往是电石雷火的一瞬，而且往往随着情感和经验的磨砺这一刻的到来更是如露如电、可遇而不可求。因为天才型的诗人太少了，诗人必须靠实力来说话。对于一切越是熟悉，他所依凭之物就越少。

一个女人再次来到世间的镜子前，"在镜中　摸到一把残缺之光／并在梦里又丢失了一些肢体"（《奇异之果》）。不安、犹疑之后她还是打碎了那面镜子以及镜中的那另一个"我"，"在灰色的底板上会越坐越深／越来越像一个乌有之物"（《出尘》）。诗歌是"苦难的宽慰之物"，她仍需要语言的重塑和自我意识的重构，尽管这样的诗歌需要比"情感"更深刻的辨认能力以及比"美"更深邃的精神景象的重塑能力——曾经火热的铁正在冷却和淬炼。当然，这注定是艰难的龃龉甚至分裂和重新分娩的过程，"抚慰更像是一种撕扯"。

而对于一个多年写作的诗人而言，她还要接受或拒绝以往自己诗歌写作惯性机制的规训。重蹈覆辙还是自作新曲，都在于诗人的选择——尤其是第三辑《忏悔谣》里的那些仿民歌体的谣曲是一种有益的尝试。就汉语新诗而言，"诗"与"歌"的分化、分家或"分手"已经很久了，而西方的摇滚乐与先锋文化和社会运动却密不可分——表达街头意识形态、青年亚文化、异见文化、时代精神和幽暗的体制的复杂关系。

沉湎与不甘同在，冷热萦怀，自我慰藉又饮鸩止渴、虚无和热望并置，远景和现实交错，白日梦和现实病的藕断丝连……"老式的取暖器发出呜呜的声响"，这是一场略显涣散的对话和时断时续的自语。我想到了十年前韩作荣评价荣荣的一句话——"她的写作状态似乎越来越松弛、随意，在貌似漫不经心的诉说、近乎自言自语的音调里，却时而给人以惊奇和意外"（《发现与理解》）。

对于女性而言，面对着"现实的栅栏""现实巨大的泥淖"，生发于日常关系的"神经过敏"或"越界"会更为突出，其情感地理学的疆域可能不够辽阔但足以成为丰富和深邃的纠结体——怨恨、嗔怪、深情、相思、暗疾、隐忍、孤独、娴静、压抑、热烈、执着、决绝、分裂……。而个体经验的倚重似乎在当下的女性写作中被奉为一种圭臬，但是事实却是这种个体经验越来越呈现了同质化的彼此消解。

直言之，当每一个人强调自我和个体以及经验的时候，反倒是形成了无差异性写作的整体堪忧的症候。这样说并不是忽视或否认个体经验的重要性，而是说在很多写作者那里这种个体经验没有经过必要的转换、过滤、变形和提升。所以这些个体经验更多是局限于个体和碎片的，而缺乏足够有效的普世性。

在《大觉寺》和《梦见》这些诗中，我看到了一个特殊的地带。无论是寺庙还是梦境都与日常生活有关，但是又有着适度的距离。现实的秩序和精神的原则形成了张力，在盲区中这需要的恰恰是精神视域的能见度——辨认、甄别、厘清。焦虑如斑驳的古井，一半潮湿一半干燥，一半黑暗一半亮光。这种中间的过渡性的状态无不体现在荣荣近期的这本诗集中。这是一种纠结的写作状态和同样反向拉扯的精神状态——清晰与混沌、冲动与压抑、日常的无诗意与梦中的酒神，身体的症候与精神的分蘖。这一切都一起搅拌并隆隆作响。实际上诗歌在任何个人境遇或整体情势下都不是外在于个人和身体的（包括肉体），甚至我愈益相信有什么样的身体状态就会有什么样的生命状态，同样也会有什么样的精神状态和诗歌状态——"年过半百她最想说的还是身体：／这是我一直在糟践着的……／它在溃败，时间源头里的一个逃兵……"（《独角戏》）。词语、经验甚至一定程度的超验和想象力都是与你的皮肤、血液、神经、骨架直接相通的。在我看来诗歌的古训"情动于中而形于言"的"中"不只是内心，也指涉身体状态。而随着中年和身体状态的渐变式的转捩，这又进一步加剧了精神状态和写作状态的焦虑性。尤其是在第一辑"镜中花"中出现频率最多的就是"身体""身子""肉身""肉体""躯体""肢体""肌肤""体内"。自身的迷津和暗流并未随着中年理性的加深和日常经验的洗礼而淡化，反而仍是一圈圈细密的漩涡。"我更了我怕谁"既是一种自我放松的心理暗示也是堆积滞塞的现实状态。尤其是在《锈蚀》这首诗中，"肉身的锈蚀""酸疼的胳膊""骨头里刺耳的声响""受寒""衰老"都足以让人心寒胆战。由此生发的诗句也是冷色调和低音区的。

对往昔的回忆、对身体的辨认、对内心的检视成为荣荣诗歌写作的几个层面。具体又表现为精神化的身体、身体的寓言化特征、时间的焦虑症以及快乐的禁忌等。诗歌据此承担了一种辩诘、和解和疗治的功能——"精神的创伤完全愈合了。这种行为不是持久的；当精神不再有这种行动时，其中包含的特殊性（个体性）也就立即消失了。"（黑格尔《精神现象学》）显然，从精神和写作的层面考量，个体性和精神的创伤以及愈合程度是密切联系的，"她一次次忽略身怀的暗疾／一次比一次更加沉浸"（《旧时光》）。愈是如此，诗歌就具有"梦想""幻想"的临界状态，恰如身体介于青年和老年之间的"中年"。诗歌也就带有了不可避免的中间状态——"昼夜交替的湖面上映着两张运程刻薄的脸"（《周四之诗》）"分裂已久的身心今夜同样疲惫"（《独角戏》）。而"中间之诗"所携带的正是一对对胶着的矛盾——从前与现在、白天与夜晚、亮着或暗着的欲望、互为鱼水又相爱相杀。"自虐者""飞蛾扑火者""重度幻想病患者"的执着也许会让诗歌的精神成色增加不少。艾略特曾经将诗歌的声音归为三类：诗人对自己说话或者不针对于其他人的说话，诗人对听众说话，用假托的声音或借助戏剧性人物说话。这些声音在任何一个时代都会同时出现，只不过是其中的一种声音会压过其他声音而成为主导性的声源。由诗歌的声音，值得注意的是近期荣荣的诗歌中有着大量的"引文"——这些引文更多是诗人自设自撰、自拟的。这些引号之内的内容既可以看作是对话或者独语形成的角色感和身份意识（在荣荣的文本中更多指向了"她""我""他""他们"），也可以视为诗歌意旨通过正文与引文和注释的副文本、次生文本之间的不同层次来实施。这可以视为诗人的一种障眼法，增强了话语的对象、情境和戏剧性效果。引文能够说出更多的"隐语"。而从诗歌的构架和层次以及节奏上而言，"引文的植入，还有一个好处，就是让诗质的疏密度发生了改变"（子川《荣荣诗的四种阅读》）。这种引文式的文本更突出了多层次的声音和腔调，实际上这些引文也承担了"书信"的功能，比如那首《代拟诗信》。因此，荣荣的诗也同时逐渐显影为自我的戏剧性——借用角色、身份和旁人来完成的"自我宽慰之人""梦游者""狭隘症""孤独症患者""厌弃症患者""偷窥者""藏匿者""宽宥者""辗转之徒"。无论是"独角戏"还是"群演",隔着大幕说话、隔着道具说话、隔着酒说话、隔着现实的栅栏说话、隔着梦说话,终究那是一个看起来面对旁人但终究是面向自我的喃喃言说者——"一个幻化物／在孤寂的舞台秘密行进着"(《时间》)。

> 她暮年的文字里有妒妇　怨女及抗暴者
> 也有复仇狂　焦躁病人和通灵者
>
> 这些寄生体
> 它们的活力来源于她内心的
> 累赘　毒瘤　浓烈的阴影

《文字的杯盘狼藉》这首诗是荣荣"中年期"写作的一首"元诗"和"锁孔",其他文本都可以在这里寻到相关的质素和支撑点。正是循着诗人的角色感,我们看到的更多的是焦灼不安、情绪不定、失眠多梦的景象。一味地向旧我和旧事物寻求宽宥和安慰这是一种没有退路的退路,所以荣荣在岔路上要继续进行选择,再不得不接受那些病痛、暗疾、孤独和不安等浓重的暗物质。与此同时,她也近乎本能地跨过现实的栅栏去寻求非现实草地的水源、桂冠和梦的碎片光影。

无论是现实空间的游历(比如第二辑《流水书》中的那些游历观光之作),酒杯中的宿醉,还是梦中的疏离和暂时的走神儿，这都承担了"梦想诗学"的功能，"旅游就是一种疗伤"。从这点来说，诗人就是那个养蜂人，她尝到了花蜜的甜饴也要承担沉重黑暗的风箱以及时时被蜇伤的危险，"心里想着'甜美，甜美'。／孵巢灰暗，一如贝壳化石／令我恐惧，它们似乎很老"（西尔维娅普拉斯《蜂蜇》）。此时，我想到另一位诗人莎朗·奥兹的诗句——"在明亮的乌云内部"。

2017 年端午改定

# 目录

## 第二辑　流水书

## 第三辑　忏悔谣

第一辑

镜中花

# 大觉寺

相爱未遂　她还在人间滞留
功名未遂　他还在天南地北

春风从容　往事无数
你仍欠我一个了悟

# 梦见

我梦见的这个女子是焦虑的
她急于见某个人　却丢了地址

"你确定，他也想见你?
你确定，你准备好了？"

她提着旧抹布一样斑驳的心
仿佛提着一生的积蓄

"我确定。时间不多了。
我想再次被爱，或被抛弃。"

## 锈蚀

肉身的锈蚀始于一只酸疼的胳膊，
以及一只随意变换指向的手，
突然生成的盲区。

深夜你听到它骨头里刺耳的声响吗？
类似于久闭的木门在门脖上干涩地转动。

"也许缘于那次受寒。"
当羽绒被勉强窝藏起两颗胆战之心，
它整夜裸露着，并被忘记。

"不曾上心的事还是发生了。"
我给你短信："我被衰老追上了。"
"从今后，我无法自由触摸的那部分肉体，
也仅是你青春的残羹。"

# 周四之诗

他们曾在一张床上缱绻
也算知根知底　但是否还能继续？

偶尔他会像水泡一样冒上来
看望她这条陆地上的鱼

她愿意回到从前　她坚信他曾是
真诚的　她愿意等候

下一次的看望会是白天还是夜晚？
她停下手头的事　想象一次潜逃

他想着肉体里的水草和细软的骨头
想着她亮着或暗着的欲望

"爱就是犯贱！"　他们不舍得入睡
互为鸟兽或鱼水　又互为敌我

她的身体里有沉寂的瘀伤
昼夜交接的湖面上映着两张运程刻薄的脸

# 念奴娇

如此急切　他用镜头捕获了那么多荷花
仿佛它们只是歇息于宽大荷叶之上的只只小鸟
而她只是想辨认　这一朵与那一朵
哪一朵更恣意　更无顾忌

那一夜　她的睡姿像极了一朵荷花蜷曲
而他知道　她捂紧的身子里装有多少蜜
那一夜　湖畔的寝房在水声里舟行千里
他担忧隔夜荷花上的蛛丝和凉意
她想象几次花落

而晨光也来得急切了些　他们相视一笑
对于相聚中又将开始的一天
她欠他一个梳妆　他欠她一个拥抱

## 小馄饨

煮得久了　皮馅分散
辨不清这一个与那一个

"不烂锅里也会烂胃里。"
一份普通的早餐　一个不抱怨的男人

他完全醒了　而门外的世界
醒得更早　有几句争吵似乎想挤进来

一碗小馄饨将夜晚撇清
这个埋头于早餐的人看上去是真实的

比床上真实　他就在眼前
远离那些跌跌撞撞的梦境

远离简易报亭里那些滞销的事件和八卦
他们也将在那里分散　进入各自的白天

# 真是苦难

真是苦难？真是苦难在对我抱怨？
向我扬着至爱的人的脸庞：
"你居然用肉体的放纵对抗我的鞭笞，
用干涸的内心，拒绝泪水。"

"那我该如何，你才会放过我？"
"习惯，并且承受！"
她眨眨星星孤寂的眼：
"我将安静一如你体内的月光。"

# 镜中花

事先毫无征兆，他的寻访更像是从天而降，
她梦里的迎合尽力绵延、柔和并高耸着。
相逢的那一刻，风掀帘子月光浮动，
她银白色的身子是寂寞的而他是明亮之火。
接下来的美好是山重水复的猜疑和追逐，
是一场慢慢说破的经典情事，
他饰花的前额，她镂金的心胸，
他的意乱，她的情迷，
一道被敲响的房门，两人的奋不顾身。
这个现实里万人敬仰之人，
外表俊朗，内心高尚，
他的情话贴心而走，
也日常也偏颇也会生死相许。
她只想梦下去，梦到梦走他不走，
梦到天亮了，他仍在磨蹭：
天也有涯山也聚首，今宵一别却是永远。

# 葫芦案

半夜我绑了自己面见至尊之王：
"穿紧身衣服，外勒十道绳索，
她居然还能伺机逾墙，
满身伤痕仍不思回转。"

"可有犯事的证据？"
"没有。"
"伤及无辜了吗？"
"她只伤她自己。"
"动机和后果呢？"
"她身无长物。一条孤独的猎豹，
追赶着消逝已久的旷野。
她只追上了自己的衰老。"

"这个用心的自虐者是可爱的。
让她去吧，我还将赠她一份额外的执着。"

# 不仅仅这一分钟

街角报亭撞见的慌乱　寂静的铃声
见面时没完没了的雨
他闪亮的肌肤　汗湿的内衣
她的惊乍　突然的烦躁或伤感

回忆维持它零乱的呈现
需要摒弃的将是更完整的现场
哦已经很多了　还有那么满的怀抱
温柔的凝视　小心的触摸

"多少夜晚我无法专注于另外的事物。"
"如果你身陷黑暗，我也不要烛火！"
幽暗的长廊里风穿滴水　一次又一次
灵魂里更多的疼痛被肉体之吻唤醒

# 旧时光

衰老若是一个先驱者，
这个身藏不老术的女子就是滞后分子，
一个在瓷质的肌肤里藏起所有斑点的人。
她多年前的容颜，像不曾动用的誓言，
又像一张画，挂向她的旧时光。
也许还是一件发亮的器具，
在流水里不允许自己掉色。
她一次次忽略身怀的暗疾，
一次比一次更加沉浸：
"那具我熟悉的迷人躯体，
曾有着怎样激情四溢的光芒！"
她愿意仍被占据，在时间的深处
"那里，花粉带着一些永恒的甜蜜滋味，
我愿意留下，丢掉所有眼前和可能的未来。"

# 独角戏

今夜，她是自我斗酒之人。
举杯邀明月，左手敬右手。
今夜，她是自我宽慰之人。
内心藏一个倾听者，也年过半百。

年过半百她最想说的还是身体：
这是我一直在糟践着的……
它在溃败，时间源头里的一个逃兵……

酒过三巡她的身体又沉了六分：
我想知道它的秘密。
欲望如何生成，羞惭又能躲向哪里？

而许多情感突然不见了，像雨水落入山川，
这让我相信，身体里也有一个汪洋。
遗忘，真是复原的唯一良方？

她的身体继续下沉灵魂也没有逃离。
干杯！分裂已久的身心今夜同样疲惫。
它们终于坐到一起，一对交恶多年的老友。

# 入戏

他们一起喝酒　唱歌
喝着喝着就醉了　唱着唱着伤心了

两个身体的喧腾火光四溅
两条溪流慌不择径撞出哗哗的水声

这也是一场水火的开始　只有开始
春天将折损于太凌厉的风太热烈的花朵

一次次　她在他的袖口生香
一次次　他于她的纤腰转身

但所有的明月清风　所有的煎熬
与我何干　为何让我感觉疼痛和挫败

仿佛我就是那个偷窥者　藏匿者和宽宥者
仿佛我就是那个被殃及的辗转之徒

# 至今

至今她仍是一个被骄纵的女子
当她醉酒　任性地抱怨
或者因悲伤而躲藏

那只酒瓶子并没有飞起来
低凹处的阳光和水声
反复找到一粒过季的种子

太多的宽容让她羞愧
就像她满是伤痕的身体
仍被一寸一寸地鼓舞

那也是迷醉时分　她只想沉浸
就像无数个相关的你
和那些无所顾忌的狂乱之夜

# 悬决

要么爱　要么收手
灵魂深陷于肉身的山水
不再纯粹的身体也能应声花开

这是有风险的　这个犹豫的男子
当他只用一点温存分裂她的世界
当他只拿走了她的十分之一
一个女子就会变成两个

——并不幸福的女子
她任性的言行被忘记
感觉不是被爱
而是获得了一次次短暂的容忍

——失意再失意的女子
她的悲伤太大了
一头撞出的狂乱之风
十片不相干的林子才收住它的脚步

# 如尘

她爱所有无法驾驭之物
而他恰好相反 ："听我的！"
一场情事　越来越是专制之剧

她选择等待　宽容　谅解
选择渺小　他日渐的疏离
选择猜迷：他的言说里藏着怎样的
匕首　下一步又会有怎样的雷霆？

但挟持她的或许并非是他
更是这些选择之果
温顺之物　只有一种匍匐姿态
她也曾自我辩解：人生不易
非凡的坚韧与耐心也缘于艰辛之爱

# 出尘

你真的带给她现世的欢乐了吗？
你真的宽恕她一切错误之举？
远离她吧　她正在岔路上
写悲凉之诗　抱怨烟云之物
现世的富足是一件外衣
她更喜欢光着身子住回内心
那里　她灵魂的底板是灰色的
寂静之水早褪去烂漫色泽
她一屁股坐在时光的淤泥之中
背对你　一个黑白的天地
如果再往里窥探　你会看到那个巨大的不安
正被脆薄的寂静包裹着
她在自毁吗？这个被悲怆控制的不要颜色的
女子　在灰色的底板上会越坐越深
越来越像一个乌有之物
想与整个世界的虚无为敌

# 那一刻

突然而至的雨水　突然而起的风
突然抽掉的柴火　突然中断的电话

乱了夕阳　乱了花瓣
乱了一只被时光催熟的果实

随意摸了把脸　摸到一手泪水
这就是悲伤吗？为什么要哭？
一道闸门无意中轰然开启

那一刻　那些虚假的松垮的
被复制的多余之物
从身体里掉出来　奔泻而下

又轻又薄的命运
一页自我的孤舟和啼不住的猿声
奔泻而下

# 虚拟

像熟过头的庄稼那么不安
像丢失了花朵的花园

我的不安是不被安慰的肉体和灵魂
它们会起得更早　两只被梦憋醒的小鸟

我的不安是没有遇见上天允诺的你
那唯一明确的你

或者你出现过　却没为我停留
或者你在更远的乡下或更大的城市
正好错开我不紧不慢的日子

或者你压根就不想出现
那些凝视过我的急迫或惘然的眼神
不是你的凝视　那些被反复折页的书
只为了虚拟月亮的情节

## 提前

你提前看到我无力的衰老
提前看到了雨水束缚的天空
一场预知的疼痛也提前到来
你说：忍住
一只不停起落的鸟藏着太多不安
你的手抚摸我零乱的头发
我仍是那个犯错的孩子
现实的缝隙一再卡住生活和内心
以及黑夜里起伏的那一场爱情

# 也许不是那样

他一定在她的身体里动了手脚或干脆
拿走了一部分

这让她惊惶于自身的零乱
感觉总在不停地失落

离别的伤感因此演变成新的恐惧：
一切全是谬误　而她只是其中的梦游者

想念里也有越来越多的撕痛
即使他仍可能再三再四地出现

# 现代性

早些日子　她还能看到早年的爱情
她的身子挺拔　她的目光简短
她将爱人追到天上　那里有星星的
住所　有月光的起居

现在　她有不止十个男人：
酒鬼　自大狂　无神论者
拙劣的艺术家　抑郁症病患
胆小鬼　背信者　逃跑专家
以及形形色色的逐利者

与此同时　她也有了不止十个身体
每个身体里住着一个灵魂的小鬼

# 沉香

她泪水里的尖锐之痛
只有制造伤口的人能细细掂量

他一次次回转
身上的剑刃也有渴血之痛

仿佛伤口是怨恨的语言
一个诉说者　一个倾听者

又像是艰难维系的风雨之巢
每一个伤口　都能住下这一对冤家

"爱可以是伤害的借口，
我想让疼痛分娩出一堆珍珠。"

"你巨大的隐忍里有我灵魂之所。
夜半无人时，你才是我前世的沉香。"

# 天平

这首歌他们听过　一起听
这场爱他加入了　或许还推了一把

同时加入的还有卑怯和羞惭
这不是正确的砝码　这让他下沉

一直一直的卑怯和羞惭
一直一直的下沉

一头是虚幻的云彩　一头是深渊
他看见了她的努力和等候

看见了唯一可能的平衡：
他离开　而她被一场漫长的煎熬认领

## 夹竹桃

他带毒的身体一次次开出更烂漫的花朵

"我能亲吻其中的一朵并吞咽花中之蜜吗？"
她愿意被侵害　即使日子快乐一样有限

为此她早早清洗好奔跑着的灵魂
为了有一天能呆在他末日的纯洁里

# 是否

我是否也有这样的愿望
像栽入深潭的云彩　不再回头

我是否也能跟上自己的内心
摆脱飞舞的裙子
甚至来不及选择奔跑的姿势

我是否也能像她一样
将一份迷醉随意流露着
让更多的人看到我内心那条
三分泛滥七分汹涌的江河

# 水袖

那年小红越过矮墙
她的水袖挂破在刺槐树下

那年梅娘嚼着槟榔　她的水袖
扯得山高水长之后　断了音讯

现在是她们集体亮出的水袖
仿佛要先她们一步找到极乐之地

我如此清白又坎坷的情路啊
至今我的水袖仍深藏于肌肤
仍没撞到一片容我试探深浅的月光

# 嘘 轻一点

嘘　轻点轻点
别惊动他们　他们就要步入寂静
这是庄严时分　举起的脚也要在尘土里落定

这时　他们打开的胸膛将有月光
自由出入　天开地阔
每一种快乐都是向外推送的波浪
每一种快乐都能跑到天边
然后有曼妙的幸福悠然地回传

这时　寂静是伟大的引领
而他们是将被深植的心灵果核

# 对舞

怎样激越高亢的肢体
才能将一份爱言说得如此卓绝

他们一次次在舞姿里融合
掏心掏肺　只为互换赤诚
又像两只蚕茧　一层层剥开
只想以纯洁相见

他们想尽快挣脱的还有一份自我
此刻　这甚至会是一种阻碍
当他们互为风雨　又互为遮挡
当两个人成为丝严缝密的一体……

## 蝶恋

"我能与你一起飞吗？"
"或者，能偶尔栖息于你的翅膀？"

他没有言语　宽大的羽翼小心地围拢
像在呵护一份柔弱的心跳
"爱，也是仁慈的光芒。"
"不为表演，只想让自己的心
欢喜地看见。"

两只倾心的蝴蝶　让天空辽阔
也让美飞舞着　成为天地间的一种事物

# 回转

一个疾步如飞的人
他的欢喜落在山那边了

一个憋不住火焰的人
他的泪水也会燃烧

一个被阻止的人　无法寻找
因被遮挡而消失的道路

看上去总有些事与愿违
层层叠叠的苦难如此悲壮

趁还没深陷　可以停下来吗?
他呼喊着　试着要将自己喊一点回来

# 表演

总有误区　那些被言语所隐藏的
那些词不达意的肢体
或者欲说还休　再三缄默时分

就像他吞吞吐吐的抱怨：
"你总是中途离开……"
但每次她都以为跑完了全程
害怕天亮了　他会像鱼一样游开

就像那些人刻意回避的情绪
总在不经意间泄露
他们隆重的表演突然惊吓到了自己

# 时间

他准时出现在这个时间节点
仿佛为她浩瀚的悲伤添一份慰藉

或者并不是他　只是一个幻化物
在孤寂的舞台秘密行进着

一种不幸若能够诠释就能够化解
一种不幸若能够持续就必将终结
眼下　她的悲痛已趋圆满

不用左顾右盼　大幕就要合上
他们都将隐去　曲折迂回处的一个转身

## 虚化

那么多人！每一个都闪着
自以为耀眼的光芒

每一个都有许多方向
每一个身后都跟着许多条大道

还有更多的争吵和结论
声音像是潭底一次次搅起的泥沙

他们更诧异于我这卑微之人的孑然独行
带着如此微弱的声音和光亮

诧异于泪水铺就的小路
竟是我从心所欲的那一条

## 脸谱

他们偶尔露出的惊悚表情
被抓住被固定了

从此被关在这张脸谱里
像旷野之鸟被收入笼中

叫声也被一次次曲解
其他的发音全是言不由衷

"我们不是这样的。也不是那样的。"
但谁去分辨他们已被遮蔽的

谁说他们还在挣扎　当挣扎也被遮蔽
那看不见的　隐入更大的虚幻

# 亲人

终于　他们互认为亲人
隔了一千多公里　诉说相认的欢喜

多么温暖的标签　她是他的亲人
这称谓像一座堤坝　此刻它是必需的
像缰绳拉住烈马　河床挡住流水

又像一个自欺的幌子
她不再顾忌她的泪水肆意纵横
不再顾忌她的神情幽怨弯曲
不再顾忌她的哀愁太过浩荡

她是他的亲人　隔着一千多公里
他们相互祝贺　之后是长久的沉默

后来他又一次说到相见恨晚
说除了亲人　其他错综的关系已全部用完
她说她多么乐意是他的亲人
还要做他亲人中最亲的那一个

# 屈辱

她将自己许出去很久了
一场非现实的风雨　只在内心滂沱
但是一大杯烈酒让她沸腾了
她醉了　哭了
藏得太久　说出来就汹涌了
这个温和的男子　他的阻止是温和的
有一会儿　她的舌尖和着泪水
浅浅的留在他微启的唇里
他的阻止里有宽厚和怜惜
这是必需感激的　他想阻止的
还有她升腾的悲凉和羞惭
她真的醉了　将内心的纯粹之爱
表现得像一场屈辱
看上去　她想将屈辱进行到底

# An

像两个无法自控的人
像一座火山与另一座火山
像两股泛滥的洪水

这头莽撞的发情的小兽
不断尝试着跃过栅栏
栅栏外母兽来来回回的慌张步子
踩烂了大片嫩草

一道栅栏将本能之爱轻易阻挡
它们一次次跳跃
飞起来又砸在地上的影子也
伤痕累累

"瞧，我俩多么自在。"
他顾自笑着　露出邪魅的牙齿
"可是 An，这只是眼前，当下。"
轻柔的风带走她泪眼里掩饰不住的
挫折之光

# 和一个懒人隔空对火

仅仅出于想象　相隔一千公里
他摸出烟　她举起火机

夜晚同样空旷　她这边海风正疾
像是没能憋住　一朵火蹿出来
一朵一心想要献身的火

那颗烟要内敛些
并不急于将烟雾与灰烬分开
那颗烟耐心地与懒人同持一个仰姿

看上去是一朵火在找一缕烟
看上去是一朵火在冒险夜奔
它就要挣脱一双手的遮挡

海风正疾　一朵孤单的火危在旦夕
小心！她赶紧敛神屏息
一朵火重回火机　他也消遁无形

# 我喜欢看你入睡

我喜欢看你入睡　看你一点一点远离
你的柔情在嗓子里卡着蜜意又有什么关系
你进入的时空不再有我又有什么关系

像一艘船浅浅地靠往亲爱的水边
我是沉浸的月色　我是凌晨一点
我就在你身边　这真的很美
你不再关心我的存在又有什么关系
那一会儿　你需要入睡你不需要我
又有什么关系

缺少睡眠的孩子　找到久违的家
我愿意看着你　躲开忽远忽近的嘈杂
穿过睡眠的门廊　客厅　进入卧房
我愿意你安静下来
那一会儿我是多余的又有什么关系

又有什么关系　等你醒来
等你一点一点回转　我们又重逢了
瞧　良辰与美景就在一步开外
走心走肺的情意会多么坦荡

# 陈腐的爱情故事

他们只是牵挂着　越说越近
某一天才发觉已难分彼此

像两只小心接近水源的羚羊
猜度和想象几次将饥渴之心逼到绝境

也只相信眼泪渲染的爱情
众里寻她千百度　她的悲伤闪闪发亮

也只是天各一方的辗转反侧
他短缺的梦里　尽显她的星月乱象

时光窝在眉眼里
近些再挨近些　留一张剪不开的合影

相见已恨须发白
他眼观镰刀铁锤　她身怀六甲刀剑

但一次次分手　她十步一回头
他在那里　仍在那里　还在那里

# 双刃

促膝不谈心　只谈眼前的风景
风景是新的　他的眼神也新

新单词的新　新事物的新
只是他一起身
身边的风景也旧下来了

是寒意丛生的旧　是薄薄的刀片
插入半明半昧寒意里的旧

而他近处的坦荡和朝气
与她远离他的落寞
是它的双刃

# 九回肠

这是否是不被原谅的？
当他用手揽住她　她更往他的身上靠了靠

是否同样不被原谅：她竟欢喜他微微的碰触
有一会儿　还以为她暗自发热的左腿
能与他瘦长的右腿有一段亲爱之旅

车窗外　山楂树果仍是青的
满山的绿藏起了满坡的石头

# 艾达的又一次邂逅

挥手时她听到了一声微微的叹息：
错过一晚就错过一生！
她努力压制住内心的焰火
貌似烫伤的脸在人群里躲藏

只是一场慌乱和迷恋
只是一次不被看见的曲折和隐晦
只是一条暗自汹涌的河流
只是，只是……但她仍想纵身一跃

他的天地间会多一颗张望的星星
她的文字里会留下危险和疼痛
这也是亲爱的经验　唯一能分享的：
"爱如同生育，是身体多器官艺术地犯错。"

后来她更喜欢这样直接的表述：
"真诚的感情里有不少荒谬的东西。"
并告诫后来者：心灵是非现实的小鹿
也许只需要更多想象的草料

# 泥土之躯

那个僧人端坐于生死之间　　也在慢慢衰老
他的身子在变轻　　歌唱佛陀的嘴唇在变薄
这亲爱的闸门　　流淌着越发低沉的真理之水

你这个无厘头的女子啊
你那么热爱尘世　　还热爱他的端庄
当你挣扎于光阴之快　　道德之慢
居然还要腾出手来
心疼他的衰老　　心疼他低沉的歌声
变轻的身子　　变薄的嘴唇

## 我是谁

我赞美过你的羽毛　服饰　声音
有时候我忽视你过于浑圆或瘦削的身子
只赞美你笨拙的手指
它在指点："茫然是一种更终极的前程。"
我也曾匍匐于地　为了不安的现实里
让你多一块立命之所
但我始终知道你是什么——
多么令人恐慌
当我走近　我以为你会认出我
像你的小短腿认出我的步子
你的小颜面认出我的泪水

# 余下的时光

比钱财更少的时光　疲于奔命的时光
病着的时光　烦心的时光

这些还将被整块整块剔除
他们被挤到了边缘　走得如此凶险

她的体内藏着掖着的美少女
仍时时渴望与那个美少年相守

他也许缺了点耐心和勇气
一只绝望的母狼在左右奔突

快乐却总是那一瞬间　一缕看似永恒的
光线　就要从黑暗的高塔上滑落

"拿什么填补这些年挖空心思的爱情？"
"我如何能更牢固地将你抓住？"

熬得过的时光　熬不住的心痛
死也得守住啊　千万别在人群中尖叫

# 裸体

她裸露的身体有什么怪异之处?
让你深陷　让你的身体喊着救命

隔着被子你看到了什么
隔着她的肌肤你看到了什么

揭开毯子呢
揭开灵魂呢

你看的时候　内心开了一个口子
那是你羞于启齿的破绽

它同时在看并看到了你想忽视的
她上半身的起伏和下半身的波澜

# 一个人

接下来轮到她出场了
看上去她身形零乱
神情慌张　　两手空空

似乎是她的左手打劫了右手
孤零零的灯光
照出她内心凄惶的乌鸦

咦　她的身上还插满了刀剑!
她的血清洗着她的伤口
而怎样的水能清洗她的血?

这个没有方向的女子
满世界东张西望
看上去还不死心

反正　她有止也止不住的悲惨
她一出场　整个乔装改扮的舞台
颜面崩塌

# 浪漫主义者

这些日子她觉得自己是一个浪漫主义者

这个重度幻想病患　一头扎入非法的抒情
说只有浪漫　才会让她心存芥蒂的现实破产

一棵甜腻的桂树就唤出她浓郁的伤感
风吹落花惊动她孱弱的睡眠

带着毫不隐晦的矫情
她在每一杯酒里剔除了理性
让一个名词睡了一大堆形容词
或让一个动词被更多的副词包围

她反复强调一厢情愿的非现实之美
说她只是流落人间徒劳地寻找本义的
一个比喻

# 交换

相见无期的人在急于交换
言语里柔软的舌头和眼里的星光

她肢解着身体里所有的玉
他清点着灵魂里可以拆卸的骨头

她裸露的残存激情
他微微起伏的一小节高原

伦理之下的那些颤栗和惊恐
伦理之上的那些诗意和背叛

还有一块湖蓝　还有一片沼泽
还有一个用来互陷的深渊

慢一点再慢一点　这也是庄重的仪式
能够交换的东西太少了而夜晚正长

# 好事近

纯粹和恒久更像是单纯的词汇
现实几乎是丑陋的

但仍能说出迷人的语言　这身体
仍能辨认它暗中的激情　这疤痕
仍能确定　他眼里的深潭
还开着一朵两朵三四朵的烂漫之花

这无疑是美妙的：
原本该是另一种夜晚
这个身体是安静的　那一个也是
星光在高处交集
照见高高低低两条暗流

突然淌在一起　突然难分彼此
两股弯曲的泪水相见恨晚

# 万圣节的抑郁或纵身一跳

他跳下去了　从一跃而起的外壳
从宽大的不称心的衣服里
溜走　扯了扯她的梦

他跳下去时　她正在追赶
一个肉体里的疼痛或被追赶
闯入一种生活或一次伤害

现在她很想扮演成一个亡灵
在街头认出他　拉他重蹈负累
"我越逼真，他的死越像是假的。"

无声无息的悲伤慢慢漾开来
被明明白白的悲伤看见
他纵身一跳　她或暗或亮的泪留在晒台上

## 越界

被时光盘剥的人　她的快乐
原本停留于一场欢宴或一句软语

为何收不住步子　流连于
他给予的一个夜晚和可能有的全部璀璨

为何想成为他众多欢爱里又一个
失散的亲人并渴望重逢

渴望栖息于他挥霍不尽的星光里
这饮鸩止渴的欢愉和痛楚！

# 被一杯酒打开的身体

被一杯酒打开的身体
里面有一只空置的酒杯

你看见的是一个新鲜撕裂的伤口
你看见的是一只蜷缩之鸟的战栗

被一杯酒打开的身体
也许会毁于再一次的打开

现在　她露出空置的酒杯
里面有她自酿的酒水残留

像被狂风猛然撬开的窗户
太长的时间里她有太多必须消化的风雨

## 背离

一


她的锁心里没有真爱的牙齿
但她仍是美妙的
他说：我只想做点我喜欢的
比如老年的迷醉和沉沦


春天继续丰饶　怀想之痛也在
他的一意孤行　磨损多少耐心
"你开心就好！"空城里危机四伏
你反复出走　他永不归来

二


还是说背离　作为情感的判断词
似乎它才是可信任的
就像真实的苦难让幸福虚弱
就像相爱一再流于形式
当众多的美只是附庸了春天
繁花落尽露出背离的骨头
当肉体的亲近也变得盲目
"也许。一切很快。"她说：
"我不阻止旁人，但可以叫停自己。"

# 不济

好端端的话　自己折向反面
往前的路　突然转弯

她的愤怒是莫须有的
他的疏离里有旁人的石头

热汤里的冷言哽咽
热茶里的冷语胃疼

运气就像庄稼　他们深陷于歉收年份
善念落地迈腿　奔跑成荆棘

## 匍匐

常常　你深陷于内心像臣服于一个
辽阔帝国的疆域
你被牵引　操控　主宰
每一寸疆土里都留下你一次欢爱
但白日来临　你仍是失守之人
放弃　妥协　甚至假装忘却
内心的誓言更是违心之语
再也不　决不　永不……
大口地喘息　仿佛苟延之物
奋力于现实巨大的泥淖

## 抿嘴

他与你说话　偶尔抿一抿嘴
他在克制什么　为什么害羞

像竹帘　往下拉了拉
屋里凌乱的幽暗继续凌乱

像河床　两头提了提
流水抬着落花不变方向

事后的猜度是散乱的雨点
打在竹帘上　打在流水里
那交替的惊喜和绝望

# 狭隘之爱

多么狭隘之爱　狭隘是针尖穿心
她的伤口毫无美感

仿佛较劲于一块蛋糕
她打碎　理出其中的糖与水分
带走自我允许的部分

这样的爱更像冒险
她爱的千山万水　四面楚歌——
那些围绕他的阳光　雨露
那些他喜爱的器物　相识的女人

甚至不允许心有旁骛
当她偶尔专注别的事物
那时的她　也是她爱的敌人

# 莫名

原谅我的迟钝吧　我要慢慢确定一个事实
我肯定看到了一把刀　或者是剑
还有寒光　像晨曦划开梦的口子
然后是血　但疼在哪里？

原谅我的迟钝吧　待我慢慢找寻疼痛
它在心的正中　偏左或偏右？
抑或在稍远的地方
抑或只是新鲜的血在疼？

我退在角落里　从头搜寻这个事端
原谅我的迟钝吧　没有制造事端的人
没有刀剑　也没有真实的伤口

我的体内站着一个满脸委屈的人
他高大　俊俏　正在矢口否认

# 爱的孩子

相对于物质之累　我的思念过于浮泛
走过旷野　我怀上了辽阔
走过大海　我怀上了汹涌
走过高山　我怀上了景仰

走过你——也许有那么一夜
或仅仅一次默契的对视
也许什么也没有　我怀上了落寞

这些孤独的孩子　鼓荡我孤独之帆
有时我会因它们无法言说的庞大而哭泣
你也从不费神来打扰我　这没什么
我能怀她不止十月　我也能让她永不出生

# 挣扎

她听出了他言语里隐含的歉疚。

"是我让他不安了，
为这份无法回应的情感。"
"其实不关他事，
只是我个人的。只是欢喜着。"
"也许太深的迷恋，
让我看上去像一个决意走失的人。"

夜深人不静，她仍在自我挣扎：
"多么糟糕的寄寓之所，
这一具混乱的身体都遭遇过什么？
为何不能要一份哪怕多么短暂的怜惜？"
"停止你的荒唐之念吧，
绕行了多少年，这一次也不能随心闯入！"

# 重演

多么熟悉的煎熬——

小学校门口满脸歉意的邮递员
深夜里漫无目的的出租车
被盯得一片死寂的湖水
小阁楼客座上枯干日久的茶汁……

"你知不知道思念一个人的滋味
就像喝了一杯冰冷的水。"
煤气瓶空了　老式取暖器发出呜呜的声响
一场要命的疾病和更要命的爱恋
一个肿胀的身体里抽身而去的身体

现在　它们都要回来了吗都要重演?

## 醉的时候他们才是相爱的

醉的时候他们才是相爱的
酒到七分　他牵着她手当众盟誓
酒到八分　他跳上台为她且歌且舞
"酒真是好东西。"朋友们起哄：
"亲一个。亲一个。"
第二天他不再记得　也没人提起
也只有在酒醉时　他心里的老虎才放归山林
单独遇见　他却总是垂头擦汗眼睛转向别处
他几次提起初见场景　她不记得
却不忘第一次同醉　那时她正遭逢击打
心有万古愁　求一时忘却
服务生一次次送酒送到手软
红的白的啤的堆高暧昧的酒沫
一帮人疯闹到非男非女屋顶微掀天色渐明
这个不自信的女子真的感动
她说　酒醉时分与她夫妻相称的男子
相见时总给她一份敬重
送行时又抢先提上她的行李走在众人前头
他自然流露的好　那么天经地义
拥别时　她的身子想柔软些却总显僵硬
她说　那时候她只想流泪：
"真好啊。想起他我就是快乐的。"
他的情谊　是她罕有的珍宝
这不是爱　但比爱或被爱更好

第二辑

流水书

# 代拟诗信

阿某：没有你的日子时光常常断流
我一次次起身　看到夜晚这只太老的猫
蹲在浓黑里　我害怕与它对峙
如同你那年的逃离
有些事我不想继续了　它们不再是必需的
比如维持好名声或好身体
它们曾是攀附你的闪电　而爱情雷声在外
比如与你重逢　幕布再次掀开
看芥蒂和伤害的暗器又一次摸向胸口

阿某：其实托人写信是多余的
你疏离已久　地址不详
像好消息走失于人群
我费劲地描画你几近消蚀的脸庞
半夜醒来　疑惑是停不下的钟摆
这世间是否真有过一个你?
最后那次相见也历历在目
一个章回小说里的情节：
一个不正经的帝王与失宠的侍女
你过大的雄心　我过度的卑微
时间的剑刃带着尖锐的呼啸

阿某：我知道我早被彻底丢弃
我知道我也该丢弃你

所有有关你的回忆全是致幻物

你给过的烂漫和明亮也只是

向命运高利借贷的油彩　由我独自偿还

一块板结的泥土起身行走

是为了赶一场透雨

而我仍停留在你预设的路线上

眼下的你　多么适合抱怨

但你生来并非为我

你深入我的身体里　也只是一把意外的刀子

现在　我疯狂地安静着　仿佛垂死之物

仿佛命运眼皮底下　一件被退回的廉价赠品

# 回访夜

他定期回来检视他的杰作。
他说：我老眼昏花了吗？
为什么没有一样我熟悉的东西？

见到我，他又一次受到打击：
你又是谁？尽管我报了生辰八字，
费力描述了我最初的模样。

你的脸呢？犯了太多的错丢了。
你的腿呢？走了太多的歧路弯了。
你的身子为何如此臃肿？
太多的事故让我消化不良。
那么心呢，为何又碾成了粉末？

他太伤心了，老泪纵横：
为何要如此自我糟蹋？
难道你不喜欢我造你的模样？

我只能陪着他哭，我如何指责他：
我的面目全非并不全是我错，
更因为他造就的人间程序出错。

## 摄

"每个人都是一个大海。"
那个摄影师张开手中的渔网
瞄准我："我拍的不是美女。
是气韵。神情。或类似的内心语言。
这些自由穿梭的鱼。"

但深海里拥堵着太多的难看鱼类，
他的网眼里挂满了湍急的暗流。
我用五指叉住脸部：
"快停下啊。我只要天生最缺失的，
我只要我的外在之美！"

# 幸运

闲下来突然惦记你。
真是幸运啊，你说你活着。
这是你惯常的语气：
"真是幸运啊！
名利是夜街上追逐的猫狗。
我有真正的健康，童心和安宁。"
我想象你穿着阔大的衣服，
在菜场里恣意晃荡，也学你造句：
真是幸运啊，生活可以如此宽松。
比起更艰难的旅人，我可以停顿。
比起更黑暗的行走，我可以等候。
真是幸运啊，这些年锁孔没有锈蚀，
门前地毡下总能摸到家的钥匙。
真是幸运啊，我还能去看你。
听细小的火花在我俩掌间哔哔卟卟跳动。

# 纪念

那两个亦敌亦友的人同时远逝了
他们身体的容器被打翻
一点点爱洒了出来　一地浮光
一点点恨洒了出来　一地浮光
一点点悔洒了出来　一地浮光

但你知道他们远没被清空
是非仍在纠集　仍在许多舌尖上跑调
你更信任他们曾经的表述
他爱说的是承受　而她爱说煎熬

一地浮光　一地浮光
世事在心如一杯凉水
仍郁结于他们早年的腹腔

# 红叶

她绿得妖娆的时候，我没看到，
只听说她伸着小手，一直在风里招摇，
只要她是快乐的，招摇就招摇吧。
我见到她的时候她已红了，
是费力挣扎的那种红，是老掉的那种红。
红得让人指指点点，
她仍伸着小手，仍在风里招摇，
招摇就招摇吧，只要她仍是快乐的。
真替她捏一把汗，旁人在小声嘀咕：
她还能干啥呢？她还想干啥呢？
是啊，难道她还能飞？
说话间她真的飞了，
瞧，她跳离枝头，
跟着风真的飞起来了。
像要飞向正午的太阳。
跟着风她又能飞多高呢？
跟着风她又能飞多远呢？
马上她就跌地上了，
马上，她就笑不出来了，
马上，她也哭不出来了，
马上，我听到了她细小的骨骼，
在坚硬的地面碰碎的轻响。

## 浓霜

阳光升起来了。
阳光落在浓霜上，
溅起一片又一片刀光。
是阳光让浓霜亮出利刃，
并将快速逼退它们，
一次惯常的操练。
那人久久地站在天桥上
那人也盯着浓霜
看上去神情有些激动，
他为什么激动？
有一会儿他撕开大衣中间的两粒扣子，
不停地向怀里摸索。
他想掏出更锋利的东西与浓霜呼应？
我耐心地等了一会儿，什么也没有。

# 致 M 或文字之伤

"丫头，你得讲究呀！"
你的手几次深入我文字的肌理，
摸到粗砺之痛。

那么多烧得通红的铁！
铁疙瘩，铁骨架，铁器官，
铁的肉，铁的水和
欲望。它们袒露着。

隔开你与我。还有一列长长的书单，
那是你递来的剪子，布料，针线
及三昧真火。

好吧好吧，也许改变是必须的。
当我只有满腹戾气，
粗浅的表达，宣泄，转嫁。

当我一再压迫它，
让抚慰更像是一种撕扯。
"是不是对我的文字很失望？"
"不是，对你不耐心对待文字有点失望。"

一个自我江山里的陈锈和僵硬。
我的粗鄙之爱啊，仅仅为你，
一块腐朽之铁也想有致命的锻打！

# 圆月

它在屋檐后探出头来，夜晚就静下来了，
一只巨大的摇篮，盛满天地光影。

举一杯浊世之酒，她的轻佻无处藏身。
它们往外跳着叫着。往事也是一只只蛤蟆。

但赞美里的酡红幽蓝是真的。
无耻也是真的。
她的手撕扯你脊背上肌肤的清凉，
摸到一片远处的光芒。

迷恋于遥远事物的女子啊，在现实中一再懈怠。
却仍想掩藏污浊，比如圆月之夜，
让身体蜷缩着，至少
与完美的事物在外形上有些呼应。

# 非常期

又一个生理叛逆期，他选择了驯服。
嘴里封一层加厚的胶带，
身上绑百根绳索，床上埋千颗钉子。
"我是自愿的。"他坐卧难宁：
"来啊，我是一道消遣的美食。"

并非假想的敌手个个荷枪实弹，
一万只苍蝇在叫嚣：
"他内心反动，言不由衷。"
"他会伺机而行，等着东山再起。"

一个垂死之物。"我真的只是一只
巨大又无害的爬虫。"有谁信呢？
爱他的人说："谁都这样。熬熬就好了。"
恨他的人说："来点更新鲜刺激的！"

# 合谋

他的内心是一片奇异的树林，
一进入，就丢失了原先的路径。

没那么不堪啊这个人。但人们提醒她：
"你想以身伺虎吗？你太善良了。"
不是吧？他只是少了点普世准则，
半辈子总在伤人并为人所伤。
这个喝醉了吹胡子瞪眼拍桌子上凳
指点江山目中无人乱抱异性的家伙
他的自我和讥讽是随意乱撞的飞蛾
见光死！他的愚蠢还在于总在说不：
不干，不想，不做，不去。
这是他的对抗，伤口上纵横的止血布条。
为何他是这样而昨天又是啥样？
她想远远躲避直到被一场莫名的暴雨淋湿，
直到她也想说不。她看见了他眼里
一大群兔子的奔逃和狡黠，
一份亲近突然而至却仍隔山隔水，
并开始漫长的拉锯：他仍游离于众人之外，
而她还想回归，并试图再次将他扯回
被他自我的粗暴早早割裂的世界。

# 黄泉路也遥

他有严重的酒后忧郁
半夜酒醒　总想一头撞死
他说：生无所恋死不足惜
他说：活着总像一粒尘土悬于半空
最好一次性彻底地下沉！
每次我只能跟他闲扯我寡居多年的祖母
这招很灵　说她如何被时光搓成一条细脆的绳子
弥留之际紧拽着我　要我与索命的小鬼拔河
说她总将柴房里的红漆寿棺拂拭得油亮
大半生里总惦记回到那一边
仿佛她只是这里的亲戚
但当她灯油枯尽　即将坠入虚空
却改了主意："我太老了，你爷仍然年轻。"
还害怕她的小脚　走不完那条漆黑的长路……
说到最后我总会反复强调：
黄泉路也遥　醉酒之人太容易迷路

# 愤怒

事后回想　　他的声嘶力竭里
一定抖动着几条骇人的白布

词语扭曲着挤压着　　辨不清本义
声音或似尖锥锤心　　或似钝器扑面

还伴随着飞起来又砸回地面的重物
仿佛不能容忍它们外在完整的形式

还仿佛　　他的愤怒是一只高音喇叭
非要传出老远　　吓住那个愁肠百转的路人

# 突然被一句诗噎着了

那个年轻人将一句话藏在一首诗里
为了不被识破　他开始东拐西绕

东风破了西风续上
长城一角挂着晓风残月
来些物理结构化学组合
再加一两个虚拟的天体

一首多少有些被轻视的诗
眼下　谁相信还有不朽的篇章？

像习惯于门前小径的漫步
你仍在阅读　却内心无聊眼神散乱
零星的花朵　略过不提

如同许多人　你早已丢下揪心的事物
也失落了较真的耐心
纵使满腹锦绣终究归于草莽

但那句话就藏在一首诗里
你突然被它噎着了
风里一缕细致的花香
又惊跳起来　像踩着另一朵鲜花

并且听到细碎的骨骼碎裂声
你停下来　茫然四顾
晚凉的风在草丛中的形状

## 不见

一夜风雨　开门时风过雨止
只有几片落叶依稀停在廊前

我原本出门去看海的
也就三十里地　走着走着
涛声大了　浪也喧哗
熟悉的海水在胸口满上来

风雨也知道乘兴而行
大海也让我兴尽当返

本来顺道还要去看一位朋友的
他和善的笑容沉沉浮浮
多少傻话疯话情话
夜深人静时曾风一阵雨一阵

如果没有拥抱的手臂亲吻的嘴唇
见面时还能再说什么呢？
还是不见了吧　那就不见了吧

# 今日立春

让斜插的枝条随意地绿
让枯藤老树昏鸦重获吹拂
让布满皱纹的脸一头撞进明天
这是开春惯有的景象　它们再度上演
就像那场社戏　让美梦又一次成真
我看到两双搀扶的手　突然变成了翅膀
看见活泛的心思里扑棱着的飞鸟
它们更早够到了晴暖的天空
但为何我仍抱着内心的坚冰
揣着暗疾的我　为何还怀上了荡漾之痛

# 也许可以在这首诗里相见吧

也许可以在这首诗里相见吧
这些适于行走的柔软心肠

它眉清目秀　配得起年轻的身体
它王顾左右　包藏起掠夺的祸心

几乎是亲切的
像书桌　水杯　烟和火机
这些随时可以触摸的东西

几乎是无用的
像花香鸟语　一场热爱的大火
或一次无关繁衍的欢娱

在一首诗里相见　需要的只是深入
别让现实的眼光消解它的意义

这些曲折的词　让探究的手多少生动
这些充盈的雨水　将带来多么泛滥的水声

## 奇异之果

私下里他也会与自己讲和吧
当他在镜中　摸到一把残缺之光
并在梦里又丢失了一些肢体

一个苦难或苦难的宽慰之物
——但快乐显然是完整的
这枚奇异之果　当他的铁头拐
敲下一路坚实的梅花并撑起满脸的真心欢喜

——自我的骄宠者啊　相比之下
你们的阴郁更像是膨胀内心铺设于体内的荆棘
你们的阴郁：步履艰涩时的挠心之爪
孤寂辰光更多的猜忌　软弱和放浪

# 刘希全与他的影像

这些用刀尖刻录的记忆，
这些让他扳着指头数数十指就会痛哭的
影像，他曾慢慢做过加法，
一年两个半十年二十五。

将他们赶入影像之诗，他就走了。
没有眠床，未来或安慰。
只有惶恐的分行。只有纸上的囚禁。
他们在诗句里吵闹不休，
偶尔磷光忽闪，露出骨头。

"这群宿命的羔羊，每一个都可以是我。"
"或者我是第二十六个，吞食命运刀尖之人。"

有时我看见他在半空里走动，却不肯下来。
时光并没有"一秒钟一秒钟退回到身体里"
唉，我天上的兄弟，你瞧，
尘埃分散各处，受苦的继续受苦。

# 文字的杯盘狼藉

她暮年的文字里有妒妇　怨女及抗暴者
也有复仇狂　焦躁病人和通灵者

这些寄生体
它们的活力来源于她内心的
累赘　毒瘤　浓烈的阴影

为什么不再有早先的洁净和小腰
为什么不是和风细雨
掌灯夜读　向旧事物里寻宽宥之心

为什么慢慢地跑偏了
慢慢地跟着她的人生走上歧路
眼下　她呜咽的文字满目苍凉

# 对峙

也许　我与世界越来越像一对隔开的
仇人　我两手空空而她枪械在手
挨近她的念头　也是冒险

沉默成为一种新的抗拒
不加掩饰的表述方式
又被认定为苍白或不忠

在又一次辩白失效后
我关闭了电脑　液晶黑屏里
我突然看见一张绷紧的脸

类似于杰奎琳·杜普蕾那样的
紧抿着嘴　目光流露着
对这个世界的复杂情感

我突然知道自己为何孤立了
我一再退守于自我　而暗中的世界
一再准备着对我进行新一轮击打

# 那拉提草原

太危险了　这半空里的草原
天有值得托付的蓝　草有足够绵延的绿
羊茅和野牛草带着百里香牵引天上的牛羊

时空坍塌了　内心之爱泛滥着冲破了堤岸
那人在紫色的苜蓿地里稍稍欠身
一下够着了四千公里外爱人高耸的鼻梁

我需要看到更高处的鹰　狼和雪豹
需要一只老虎　它锋利的虎牙
在雪山顶上一闪

我需要看到更多带着匕首和盐巴的汉子
需要俯瞰　在更高的坡地上冷静下来
慢慢打消留下来做一头牛羊的想法

# 野核桃沟

从山下耐心地数上去　3010 棵成龄的野核桃树
每一棵都攥有大把的时间

这些先来者　始终占据着制高点
不看风尘　只看日月

沟外的青草一年一绿
沟外的牛羊一年一群

白桦的叶片在远处的阳光里翻着白花
眼前飞回的长尾雀　已不是去年那一只

此刻　沟外来的女子心情是急迫的
一生太短了　不够用来悔悟一次

明明知道纠结于自身的时间是狭隘的
明明知道　她的急迫也是狭隘的

# 雪岭云杉

当你用高耸挺拔的躯干
将辽阔的植被和众多的流水牢牢钉在天山深处

它们全都围绕你　仰视你
它们全都称颂并感激你
那些或高或低的白桦　山杨　野蔷薇
那些奔跑的棕熊　狍鹿　雪豹

见到你　我也只有仰视和赞叹
但你兀自强劲就像我兀自卑微
当我重返人群　让我一次次脚步踉跄的
仍是我内心无边的苍茫和巨大的乏力感

# 赛里木湖

这 210 亿立方米　这微咸的
这跟眼泪同样苦涩
也像泪水一样暗自流淌的湖水
就是传说里殉情的泪水吗？
要有多尖锐的痛　多大的绝望
要分分秒秒多少年
才会有这么恣意的荡漾？
伤心的人　你在别处伤心
就别将泪水带到这里了
湖水已经够高了　就要够着雪线了
你的泪水比不上她的寒冷就别流了
伤心的人　你来的时候
湖水里嬉戏的斑头雁正在欢笑
你在湖边照个影就回吧
不要在湖水里揪着一生最坏的时光
让泪水再一次次哗哗地流淌

# 昭苏草原

"旅游就是一种疗伤。"
一个中年妇女领着她的忧郁
她多么需要七月草原的生机和辽阔

这个狭隘症　孤独症患者
这个想努力躲藏的人
多么需要一匹马的悠闲一头羊的温顺
多么需要强烈的阳光　包裹她仿佛重新出生

还需要学习野草莓卑谦地贴地
学习莜麦和芨芨草在风中弯曲
学习一头鹰穿越那条艰深的峡谷
在草原上追上豁然开朗的自我

这个厌弃症患者　有太多必须收口的伤痛
她多么需要在昭苏草原
将这一切转化为一份虚拟却有效的
内心草药

## 赛里木湖或忏悔之诗

在这里　如果她滴酒未沾却头晕目眩
如果她四顾苍茫突然暗自羞惭

25 公里南北 30 公里东西的净海啊
你迎来的就是一个污浊之人

她行走歪斜　满身尘土
她在自我挣扎　内心千般狼藉

一个总在抱怨也总心怀不满的人
一个重复犯错又总胆怯逃避的人

她的污浊是寒夜独处时的放任之念
她的污浊是誊抄心经时关不住的春风

但在赛里木湖　她的污浊有救了
这是她的沧浪之水　这是她恢复容颜之地

阳光倾巢而下　一万头鹰飞上山巅
一万头鹰俯视着　像灵魂俯视渺小的肉身

# 在夏塔

在夏塔　我见到的群山只有鹰在试图飞越
只有雪杉在固执向上
只有连绵和起伏两种姿态

阳光几乎想要晃瞎我的双眼
这并不妨碍我俯仰之间的敬畏
并不妨碍我看到群山雨水泗流的痕迹以及
腰身以下厚实的草裙子掩饰不了的
七月草原美妙又旺盛的地力

并不妨碍我看到风吹草低牛肥马壮
这些草原最温柔的占据者
它们由青草转化的肉身多么安静
静得像是自己的牧人和骑手

越往景深处走　感觉雪山退得越远
而眼前反复迂回的雪水
更像一名男子冷峻疏离里的安慰

# 篦箕巷

此刻　运河对岸的喧哗与这边密不透风的静寂
像两个陌路之人

他们挤在阴影里喝茶
一个紧挨一个

泡开的茶芽于杯中簇立
一个紧挨一个

稍远处　明城墙边的白墙与黑瓦
一条老街古韵里的曲与直
一个紧挨一个

像篦齿　一个紧挨一个
如同他将白未白的头发和她岁月斑驳的混乱

# 陈化店的老红汤

一杯老红汤可以安慰的女人
她的苦是流淌着的
像那些体己话　下午的理想时光
此刻　她就与那些苦
淌出浓红　温暖和暗香

一种可以掂量的颜色
深入肌肤添了红颜　深入骨髓痛了灵魂
不必深究幸或不幸　她只需倾诉
她试图诉说的或许只是与男人的和平共处
看上去却有些事与愿违
倾听者将听到她在往事里收拾行装的噼啪声
看见她无数次出发　却仍在原地

她的脸也在慢慢转红
仿佛时间同时给了她硬茶梗和好水
给了她经年的红　世故的红
霜打雨侵的红　平和绵柔的红
在陈化店　她几乎握住了老红汤里现世的宗教

# 穿越贵德县境内的黄河

多少种秉性与颜色
才能拼凑一个完整的黄河

对于我　他更是分段的文字
这段跌宕起伏　那段开阔宁静
这段直抒胸臆　那段欲说还休
或者意气风发　或者泥沙俱下

有时出世有时风尘　有时又犹豫或躲藏
从高原向平地　他一段段写下来
一段咆哮一段温柔
将捉摸不定的流水写得危险

而在贵德的这一段　似乎只与一场爱有关
他的内心深邃　眼神清澈
他只是清清亮亮地敞开着
一段暖心的河水　就要淌出蜜来

# 门源百里花海之美

这样的美是有呼吸的
微风里她们小小的胸脯起伏

这样的美是有灵魂的
她们油亮的祷词让群山肃穆

这样的美有着庄重的仪式感
亿万朵鲜花　每一朵都藏起意志
为暖过来的春天　铺就百里黄金花垫

这样的美可以一再地渲染
但我屏气敛息　在尘世太久了
随意的夸赞也会是喧哗

我将双手比划成一张大弓
我的虚空之击　惊起一群幸福的蜜蜂

# 首都机场的香菇滑鸡饭

又剩下了 她坐下来
一小段纠结时光需要一个角落

并不香滑的鸡 硌了牙齿
有着落的爱痛了心肺

"欠债总要还的。"
他身上还残留着她的孤寂

相聚与别离都是玫瑰刀剑
此刻她返程 他又在谁的怀抱?

# 在紫阳古街谈一场恋爱如何

在紫阳古街谈一场恋爱如何?
于时间深长的纹理里嵌几个专属于你俩的日子

在那里私语　登楼　看日落
秉红烛　吟哦诗书半卷

在那里净手　焚香　许小愿
一吻白头　一诺百年

谈得少年老成老当益壮壮怀激烈
谈得地老天荒日久弥新今夕何夕

谈出唐宋遗韵明清格局　谈得正经正宗
让别处的恋爱看上去总像匆忙中反穿的内衣

也谈出小小的众怒:
让人沉浸的无法追赶的幸福!

# 小芝镇胜坑古村与年青村官谈

牛头山的古风向四面吹，
吹不破四下里令人心疼的静寂。
你确定？她内在的生机将被唤醒，
满怀爱意的人会重新归来。

你确定？污浊之水会被净化，
青山缥缈，老树参天，
白鹭，野鸭，红枫，古村，
阳光下不再露出废弃的一面。

三盘野菜两壶陈酒一时缱绻，
我们只是路过，暂邀斑驳岁月。
你确定，你真的确定？
那张蓝图不会被理论束缚，
终将云帆月影，错落于溪流之上。

# 橘乡临海的一只橘子

"我是不慎落入世间的一只橘子！"
满山遍野的橘子　她选中这一只
满世界里找他　只为剥开这一只

也许只是掩饰　剥橘子的轻柔动作
让她镇定　装作一次无心之旅
但为何几次抓不牢橘子
像是它突然长出了逃跑的腿脚

这是一只内心有爱的橘子
皮薄汁甜仍不自信仍会犯贱
这是一只甘心情愿的橘子
偏要喜欢一张嘴
偏想在一副心肠里转成蜜

他的门虚掩着　她的手在抖
手里的橘子几次溜走
一只伤感的裸露的橘子
两只伤感的裸露的橘子

## 郑伯克段于鄢

恨一个人就让他饿着
然后给予他偷窃的权力和武器

或者喂他恶的粮食
等待他的果实结在箭簇上

一头雄鹿长出期待中的犄角
正义之狮正雄踞高处

被姑息的贪厌之心在肆意扩张
充沛的雨水泛滥不被祝福的河流

历史是一件轻薄的衣衫　隔着二千多年
我仍能在鄢陵触到他笑里的寒冷

看到他将亲情的泥巴蹂躏于脚底
亮出汗渍深重的狡诈之刀

# 鹤鸣湖

黄河水在这里洗清了
洗清的河水不再养三千里咆哮
只养大半个天空的云彩

黄河水在这里安静了
安静的河水收住烈马的性子
只为了挽留鹤的翅膀与鸣声

黄河水在这里卸下风尘和泥沙
它现在又是鸟语又是花香
突然有了那么多愿意亲近的姑娘

# 9月24日岱山看日出

我真的可以挑吗从大团的光芒里挑上一缕，
像从蚕茧中抽根丝，沧海里取滴水。
这簇新的光线，我真的可以挑一缕亲爱一下吗？

一缕最好的，或最柔和的。
像从灵魂之爱中，挑出泪水的晶体，
或从肉体的欢娱里，留住惬意的一瞬。

我还可以让她在我体内游走吗？
多么狭长的翅膀。多么清爽的身子。
她的抚慰小手。她的深情之眼。

我还可以让她穿过我像利刃透纸？
我久远的麻木倏忽醒了，
我需要快乐，但我首先得感知疼痛。

真的，我真的可以挑一缕光亲爱一下吗？
拿我的十里荒凉百里孤寒做亲爱的场所，
当太阳跃上海面，人间悄悄醒来。

# 10月10日在诗上庄看皮影戏

那个夜晚　是那些皮影子咿咿呀呀地
将一个静谧的庄子款款抬入一出戏里

拉一段小桥流水　吼一曲茅屋秋风
雾灵山上的月亮刚刚按下云头　余音未散
喊冤的就来了　叫屈的就来了
帝王的身子一紧　江山就破碎了
人民又妻离子散了　人民又家破人亡了

幕帘后的老艺人捏着嗓子唱苍凉之词
岁月更迭了　故人不在了
家园零落了　朝代变迁了
苍凉很大　诗上庄只有一颗小而温柔的心脏

上年纪的村民们入戏太深
他们长长短短的板凳安在社稷之上
出将入相　神情起落
陈年的风雨跌出他们的眼眶
在三尺看台下生生跌碎

# 惠山古镇

刚刚进入的时候　她爱它舌尖上的甜
这也是进入的方式　一整条街的空气
仿佛都是黏稠的　养着一亿头蜜蜂

而寺庙的庄严和园林的闲适
是接下来的事　这个要向下一些
踏实的也是更安静的
祠堂里它千年的亲戚和街铺里的泥人
同样静默　还有更低处她尘土的心跳
那一刻它们都在呼应　连沧桑也变得撩人

后来她进入它的流水　进入它的回廊
进入它高低错落的亭台
进入它背阴的忧郁和向阳的花朵
那些曲折的美　仿佛只为了一次酣畅的表达
又一场迂回之爱！

但来不及说出她已羞愧了
她进入得太快了
无论马巡　虎眺　鸟步或蛇行
"出郭楼台三四里，游人不得见山容"
随意的赞美　短暂的沉醉
终究配不起它的纵横和深邃

# 四眼井

四十岁前纯洁身体　　五十岁后纯洁灵魂
但随意的清洗仍是冒险的
清澈甘美的泉水更适合忏悔

瞧　这个负罪之人在自怨自艾
她在四眼井里看到四种过错四样轻蔑
还有四个反纯洁之词
她也无法从怀里掏出月亮星星
车船兼程　什么时候它们不再如影随形？

她只是路过　又一次路过
此刻　她的愧疚之影不被宽恕
未清除的戾气　激怒了水中雄狮
此刻　她像一杯薄情之酒停于宽阔之源
找不到一种可以倾倒的理由

# 在靖江

不说满江红　不说十二道生死令牌追赶的
八千里路云月和风雪
也不说旧日山河与今朝爱恨
在靖江　容我于万千滋味里沉醉
像春光跌入花海　像肥硕之鱼随波逐流
容我暂且忘了曾经的唇亡与齿寒
忘了忧国忧民的悲壮和断肠
容我只将靖江看作一道含香裹鲜的美食
并因这口腹之美流下感激的泪水

# 孤山

他多么热爱喧闹　安逸和美食
却一再被告诫需寄命于孤山
几日　几月　甚至几年
这个迷信之人辗转于众多孤山
心有不甘　无法安身立命
还越来越胆小　怕黑　宿命
他驱赶了无数星象不合的女友
储藏室却备有一打灯管　个个原配
直到来到靖江孤山这块千年福地
他终于踏实了　一次次梦见
一面蒙尘已久的古镜
被柔软之手擦拭出的金质光亮

# 观苏绣作品尔若盛开

要细成怎样的丝缕
才能找到那只作茧自缚的蚕茧
要用多少奇绝的针脚
才能将一份荣枯走得如此崎岖


"甘愿带着落伍与倒退之气。"
"在时间之外，与时代略微有距离。"
这样的美太惊险了　像一份被逼上悬崖的爱
柔软里的悲壮　让衰败成为艺术里最烈性的部分


现在是我尘土斑驳的心与之对峙
它也有多次被颠覆的飞翔
它也是残败的　一年还是十年
或者仅仅缘于一个月光如水的瞬间


此刻它突然有了抽不尽的万千丝缕
想融入这片水域寂寥残荷忧伤
此刻它突然有了一份新鲜的疼痛
或者它原本就是一只蚕茧？

# 诺贝尔湖

诺贝尔湖的柔美合着最江南的平仄
柔美到了极致　柔美得几乎像是虚拟

阳光撒金叶子月光撒银叶子
和风一年四季轻拂着一湖的晶亮

连秋意也如此的新鲜和盎然
将许多韵脚　压在水草清丽的摇曳上

我看见了她所有的柔美　却无法大声说出
这样的景致总让我迷醉又自惭

我魂牵梦绕的爱人啊也别站我身旁
这双重的奢侈　将是我漫长时日里的疼痛

# 滴水湖

滴水湖像一颗硕大无朋的珍珠
悬挂在东海的锁骨上
又像就要洇开来的
墨绿宣纸上的一滴圆润水珠

这是比喻而我愿意想象
挨着大海的汹涌　她的一派柔和
需要克制多少内心的躁动

想象她得有多少胸怀
拿碧波微澜化解眼前的风暴

想象被咸涩的海风吹送的一朵白云
怎样在她的湖心卸下一身盐味

想象那个穿着老式衬衫的观湖之人
如何悄悄藏起他惯常的落寞表情

# 在案

东晋永和年间的化蝶事件
案发地在宁波高桥
涉案地上虞　杭州
关键词是士族　平民　封建　抗争
最后才是两只蝴蝶　无枝可栖

其实那年从上虞出发
祝英台的身子已开始轻盈
呼应着书窗外那树烂漫的桃花

而憨厚的梁山伯起先是一只笨鹅
趋附于之乎者也的草料
日同桌　晚同床
三年后才开始失重

那时他已将英台送出很远
有十八里吧　那时的一里
抵得上现在的十万八千里

但他的速度更快
他用一把忧郁的刀
剔净肉　剔净骨头
他说飞就要飞了——

"小九妹，你相信爱情比天大么？
我准备了两对翅膀……"

# 圆瑛法师在接待讲寺

他偶尔也清扫院中落叶
落叶与扫帚发出的沙沙声也是
不同的　后者也像是驱赶
往流水里赶　凹地里赶　沟壑里赶
这些脆弱的无所依托的骨骼！
但他更多了点敬重与仁慈
他的轻柔之心里有一把涅槃之火
而一切凋敝之物　需各归其路

# 北方白桦林的苍茫

北方平原上大片的白桦林
在道路的两边尽情铺排开去
遮天蔽日的苍茫
也从这些阔大的林中升起

我喜欢这样的苍茫
它们一定安抚了我的内心悲怆
我也喜欢看那些长尾鹊
在这样的苍茫里悠然地来回
将窝筑在或高或低的枝杈上

仿佛白桦林给了它们更开阔的选择
它们可以是苍茫的主人
也可以是苍茫的仲裁者或代言人

# 广玉兰

这个貌似高大的男人内心带着多少花朵
却又想将它们藏匿

他每一场行走都如此小心
生怕那些花朵从他的眼窝
腋下　肘弯甚至头顶
突突地冒出来

有一次他远足到这个遍种广玉兰的城市
迟到的春风和透雨一起来了
上涨的运河水将雨脚垫得很高

他久久地仰视着　仿佛想弄清
它们的粗枝大叶如何将壮硕的花朵引向半空
他说：为什么我不能是它矮小的失散的兄弟？

# 宝镜湾摩崖石刻

就是这双关节粗大的手
轻易抓举大石　或将鱼骨剔成骨针
就是这双布满老茧的手
把舵摇橹　抗过海上强风
也抱过自家娇美的船娘

这双能将阳光和火捕捉在手的手
射杀过飞鸟走兽
也能将石头琢成女人胸前的精巧挂坠

就是这样的手　才刻下了
蓝天上白云的马匹
扬帆的船只　耕种和收获的秘密
刻下了纯粹的爱那激情的舞蹈
舞蹈里就要飞起来的男女

就是这样的手
将高处的仰望和低处的生活刻入岩石里
将他的手甚至命刻在了岩石里
一幅无与伦比的图画
经得起三千年的风吹雨打
经得起后世审美疲惫的目光

## 流水书

你到的时候　我还没到
路上太堵了　送我的车子开得太慢
让你等了半小时　你可以怪我
我拉着行李　相见就是为了告别
我打你电话　你从我背后出现
一回头　我看到一个瘦弱的男子
这形象有些落差　你肯定瘦了一圈
坐下时　我注意到了你的黑眼眶
你说没睡好　我很想你是因为我但肯定不是
这让我暗自羞愧于自己的无聊
座位靠墙　圈式的　能坐六七人
你与我隔着两人的位置
我让你近一些　你又挪了一个位置
感觉那些空位上也坐满了人
那是绕不开的亲人　他们安坐于我们内心
我们单独相见　他们仍然在场
也说到圈内的朋友　谈论他们
我们语气公正　厚道
无法更敞开了　腹诽留在肠腔里
仿佛他们正竖起耳朵坐在邻位　就像我们
相隔一个空位后来你不自觉地又挪远了半个
你装着君子我学着淑女
我们笑容清爽　内心干净
谈论灵魂是美好的　肉体留你与别的女友去说

后来我们想说几个笑话　我们真的笑出了眼泪
我起身去邻座拿纸巾　你没有打量我的衣着
不说话时　我却想盯着你看
一件式样普通的衬衣　领子还算干净
我的放肆眼神是上年纪女人的疯狂
以为是一种坦然　以为可以看到人心
其实你那里关着门　窗帘严实
你一定被看得不好意思了　赶快另起话题
我想起几天前做的春梦　多年来也仅此一次
中医说是身体虚弱　心理学一定不那样解释
梦里的那人还是我法定的那位
醒来想到　我还算是　一个好女人
心灵若是出轨　身体仍然干净
屋里有些燥热　我脱去外套
你的眼睛始终看着别处
接下来我们花了很长时间谈论我们的关系
你我究竟是谁的谁　语气坦然像谈论芳邻
我们就是朋友　只是相互有些想念
这让你能抛开事务私下为我送行
这让我们在一起很公开　也很地下
这让我们纯洁而暧昧　干净而暧昧　暧昧而暧昧
你跑了三十公里　现实中我们的距离更远
飞机在三个半小时后登机　时间紧迫又充裕
你说　要是能喝酒多好
其时我喝了一大口啤酒　你嘬了一小口果汁
这场景有点喜感　后来上来的菜挤了一桌
花了钱你才安心　可我不想欠你太多

我尽点便宜的　但这里的菜品显然昂贵
就像我们看上去像一对情侣
我只说喜欢　你只说相见恨晚
就相见恨晚　我们又谈论了一会儿
九十年代我单身时　你早谈婚论嫁
类似于青梅竹马　现在仍甜蜜如初
我也过得不错　我更真心恭喜你
人生不易　婚姻的顺风顺水靠好男人驾术过硬
后来我又打量你财运不错的小圆脸小圆鼻子
你瘦长的女人一样的手指　小腰身和细长的腿
真的有些秀气　我将目光扯回桌面
心情恢复到朋友层面　但气氛仍是暧昧的
暧昧让人欢喜　暧昧是日常苍白里突然调了点颜色
后来我们分别接听了两个电话　上了趟洗手间
后来有几分钟你的心思在远处　后来你替我夹了几次菜
清炒芥兰碧绿可人　你说到了另一位爱慕你的女子
明天中午你们将有一次愉快的餐聚　我在一边听着傻笑
后来我们八卦了几件事情　又转到刚才的话题：
有关我俩的情感定位和今后走向
这表述更像是一篇发言的题目但你真的用手
非常认真地摸摸左胸又摸摸右胸
你明确告诉我这不是爱　是比朋友多一点的好
我又一次看了看你的坐姿和隔着的一个半位置
我又一次细细看你　你其实有点丑
小眼睛　小嘴巴　前额稀疏的头发
以前不是这样的　你突然强调
你说你对镜子恐怖　瞧不上眼下的自己

这个有点丑的男子　已是人中龙凤
有几个上年纪的人经得起真正的打量
后来你似乎有些累了不停地揉搓眼睛
将单眼皮差一点揉成双眼皮
后来我们又谈论了一会儿星座和属相
时间差不多了　我起身
你赞美我的身高　我趁机感谢你
用三个半小时陪一个不起眼的女子
这是否是我自我打击是否也击打了你
在安检口　我们用两秒钟抱了一下
我有点汗湿的右脸贴到了你的左脸
也算是第一次肌肤相亲　然后我看你走远
看上去你走得有些急也有些如释重负
我突然有点难过
我瞧了一眼　又瞧了一眼
再瞧时已瞧不见你　这真是我言语投机的朋友？
结交一个人　总是会有好恶上的偏颇
再见！我很高兴我们仍是亲密的
下次我们还有机会告别
第二天候着钟点我发你微信：
"一段衷情不肯休。中餐愉快！"
隔了半小时你回我："已吃完。"

第三辑

忏悔谣

# 青海湖

我的爱人等我在三杯美酒里
他杀牛宰羊
怀抱着八个方向的花香

我的爱人等我在一片蔚蓝里
湖水之蓝　天空之蓝
他许诺我高原上一对鸥鸟的飞翔

我的爱人等我在真实的荡漾里
他带我向东向西向南向北
他有辽阔的激情　无边的思量

我的爱人等我在一滴湖水里
他用清爽的湖水为我洗尘
而我只是他一小段暗藏的悲凉

我的爱人等我在秘密的咸涩里
我的爱人　我那么急于再见你
亲爱的湖水　亲爱的亲爱的忧伤

# 哀牢山

山上的星星伸手摘下来
大男孩的心思远在千里外

千里外的亲娘千里外的家
想娘的大男孩让人疼不过来

黑黑的土黑黑的脸
瘦削削的风儿瘦削削的骨

高高的哀牢山撒腿跑野马
低低的山崖下大男孩认干娘

山上的星星轻拍他额头
杯对杯儿一次次没个够

黑黑的土黑黑的脸
瘦削削的风儿瘦削削的骨

高高的哀牢山撒腿跑野马
醉了的大男孩喊了干娘喊亲娘

# 失眠谣

今晚有一颗睡不着的星星。

睡不着的眼举目无亲地黑。
睡不着的腰身走投无路地疼。
睡不着的黑枝　长满睡不着的黑花朵。
睡不着的世界，赶着一大群睡不着的羊群。

今晚有一颗睡不着的星星。

允许它翻山越岭寻访失眠的爱人。
千疮百孔的夜，颠三倒四的情话。
藏掖的孤独掏心掏肺地摆上来，
闪着月光的宝蓝。

今晚有一颗睡不着的星星。

或者随意揪住一颗起夜的星星。
它不会是多余的，惺忪的睡眼满是好奇：
"这里真黑啊，我找不着自己了。
我很想要一颗不睡觉的星星！"

今晚有一颗睡不着的星星，
找寻它不睡觉的爱情。

# 哭泣谣

烧饭的时候　她在哭
烧菜的时候　她在哭

我怀疑她的身体里
同时有几个人在接力哭泣
她的哭泣不止有十种理由

她的心思全在她的泪水里
跌跌撞撞的哭声
碰翻了她的油盐酱醋

她的心思全在她的泪水里
她的心思里全是苦涩
她的饭菜里全是毒素

空旷的屋子里她的哭声多么空旷
看上去她被悲伤严实地包裹着
她就是悲伤的一个孩子

饭熟了　她还在哭
菜熟了　她还在哭
她的哭泣不止有十种理由

# 离别谣

分岔的路口你站立不去
人潮汹涌　你的不舍旁若无人

东边的老虎张着嘴
西边的狐狸摇着尾

车就要开了　这是第几次离别
你挥着同一双手许下同一种誓言

南边的老虎露脐装
北边的狐狸小蛮腰

一转身又是东南西北
一转身又是天涯海角

天涯的老虎眯眯笑
海角的狐狸会撒娇

没人擦的泪水咽回肚
不为人知的忧伤压舌底

# 忏悔谣

时光能预设多少岔路
天地静默山水无辜　有谁听我忏悔

有缘之人在千里之外辗转
黑暗在黑色眠床　有谁听我忏悔

小小的无赖索要他内心的珍珠
弯月挂在杯沿残酒不眠　有谁听我忏悔

星光早模糊了彼此的颜面
还以为我们心照不宣　有谁听我忏悔

借着黑暗我掩盖我的慌乱
蜡烛点亮又熄灭　有谁听我忏悔

爱情早已腐朽而肉体仍在苟安
我也在寻求原谅　有谁听我忏悔

今晚　我的孤独和醉意如此卑微
只有羞愧汹涌　有谁听我忏悔

# 暗的谣

暗，多少涌动的暗
暗语言　暗姿势　暗物质
暗的安慰或取悦
暗的波涛拍打暗的堤岸

不停不停地荡漾
不停不停地轰响
不停不停地坍塌
暗的光暗的影漫出来

缱绻的暗　犹豫的暗　挣扎的暗
在微光里再次转暗
欲念中的亲吻在暗中展开
暗的月落日出　暗的春暖花开

一个世界都在拒绝的暗
被嘲弄被轻慢被践踏
却顾自进入自己的兴衰
悲凉的复调在心肠里千回百转

柔软又柔软的暗的疆界
柔软又柔软的暗的刀剑
柔软的柔软的柔软的
暗的疼痛暗的血

# 老年谣

多少根白发搓条链子
多少条皱纹编个颈扣

嘴里叼一只残旧的口袋
老年追着我像一只亲热的小狗

装着四面漏风的睡眠和记忆
它追过一个又一个街口

多少根白发搓条链子
多少条皱纹编个颈扣

衰败这个奸细潜伏于肉体的破绽
他抛荒的前额　　她碾平的乳沟

衰败这个奸细也潜伏于更多
腐坏的思念　　破落的守候

多少根白发搓条链子
多少条皱纹编个颈扣

老年追着我像一只亲热的小狗
它追得那么快　　像在追赶不朽

# 大风谣

大风呼啸　大风下的康巴诺尔仍是草原

她的蒙古包鲜艳　她的牛马羊肥壮
她的长尾雀　追赶着大风
也追赶辽阔牧场上飞翔的白云

大风呼啸　草原的姹紫嫣红近在咫尺
麦子开始冒头　青草露出尖尖
鹅翔雁凫的康巴诺尔湖装下大半个蓝天

大风呼啸　大风迷了我眼
多么相似　我曾在她的花海里走失
那时　她的格桑花一路开到天边

大风呼啸　大风呼啸
我在草原上问路　缄默汉子的温暖
像他怀里的烈酒　宽厚的胸膛

# 柳叶青青

贴贴你的腮　柳叶青
贴贴你的脸　柳叶青
贴贴你的胸膛　柳叶青
贴贴你二人台的调调　柳叶青

小小的胳膊　柳叶青
小小的嘴唇　柳叶青
小小的心肝　柳叶青
小小的舞台　柳叶青

你的身段丁当　你的眼神闪亮
你的小鹿儿又蹦又跳铿铿锵锵
柳叶青啦　草原绿啦
他就要亲遍你十里麦垄百里草场

# 爱人谣

我的爱人在东张西望　他的心分成三瓣
每一瓣都是没有落定的尘埃
我无法阻止我的爱人东张西望

我跟着我的鞋去见我的爱人
我跟着我的路去见我的爱人
我跟着我的忧伤去见我的爱人

我笑不出来的时候　见到了爱人
我哭不出来的时候　见到了爱人
我醉得摇晃的时候　见到了爱人

他在别处淌着圆润的泪水
我也在别处淌着圆润的泪水
一条河床能暗藏起多少潜流

我的爱人一直在东张西望
没人知道我身体里插满了刀剑
没人知道我只是青草由青转黄

# 蓝公渡

要送　就送到这蓝公渡
水分南北　人要东西
他走外江　她留内河

要送　就送到这堰坝
十米高的风帆已扬起来
十米高的悲伤要收一收

蓝公渡　蓝公渡
渡他千回百转的愁肠打个结
渡她三生三世的牵挂没有头

快把藏起的那只浆递给他
收不住的实心眼也请带走
他想家时的泪水　高出十层楼

一只远行的陀螺被鞭子抽打
一只远行的布囊在浪里颠簸
一只手挥断了再换一只手

蓝公渡　蓝公渡
渡他千回百转的愁肠打个结
渡她三生三世的牵挂没有头

## 长面谣

长面长啊　盘在碗里甜中带咸
家乡是甜的　他的泪很咸
他的梦里有一根长面　另一头牵着她手

长面长啊　需要多少韧性和定力
才能让一种叫麦子的粮食
伸展着　细长的触须接通千里乡愁

长面长啊　他醒来的荒凉也长
那个远行的迷信家伙　总害怕
这根长面是风筝的线　断了头

长面长啊　盘在碗里甜中带咸
家乡是甜的　他的泪很咸
又咸又甜的梦里　他的浓眉重愁

# 东湖谣

那年青春的小腿修长
那年青春的恍惚清亮

仍见她三步一徘徊
在一场初始的恋情里进退两难

仍见她小宿舍的灯火犹豫
晃乱了悬在半空的男孩目光

那年青春的小腿修长
那年青春的恍惚清亮

记忆残剩在变深的眼窝
阅历放慢了重游的步子

柳条儿垂下来湖面上打个弯
水里的云彩脱下了旧日的衣衫

仍见她三步一徘徊
在一场初始的恋情里进退两难

# 一半谣

吐了一半的骨头　半截卡在心里
抽了一半的烟　粗暴地按熄在墙上

他光滑的身体　她轮廓分明的嘴唇
刚刚开启一半　突然停下了

那一刻　她是被切落的
苹果半只　他是另外半只
那一刻　生活是半个杂种
爱是另外半个
浓稠的黑无法重新胶合

这是令人恼怒的
一朵花开到一半突然变成了伤口
她藏了一半　他躲了一半
半个狼藉的夜抱住天上的半个月亮

# 七夕谣

画两只箩筐一座鹊桥
画瘦弱的汉子挑一双儿女的啼哭

画一段又一段流水的寂寞
画几片陈叶几瓣落花的飘零

画几座古刹年代久远的钟声
画细细密密的铜锈填满山道石缝

画一只望东一只望西的眼睛
画犹豫来犹豫去的步子

汉子不是她的　孩子不是她的
那人挑着箩筐正走着他的鹊桥

画面太挤了　她的等被挤出画外
像一滴泪被挤出眼眶

# 路人谣

你是我的路人甲
你不是我的路人甲
你还是我的路人甲

中间吹了一阵错乱的风
我跟着错乱的风跑了一阵
奔跑的姿势歪斜又狼狈

我是你路人乙路人丙路人丁
我不是你路人乙路人丙路人丁
我还是你路人乙路人丙路人丁

中间吹了一阵错乱的风
吹来了你　又吹走了你
心绪杂乱的你　仰天长笑的你

爱过你的路人乙颠倒的路人乙
受冷落的路人丙受委屈的路人丙
恨过你的路人丁徒伤悲的路人丁

错乱的风里我咬咬牙　牙碎了
错乱的风里我跺跺脚　肠断了
错乱的风里我急转身　心丢了

生来不为遇上你　遇上了
空穴来风了　平地起雷了
打雷了下雨了　天亮了天黑了

你是我的路人甲
你不是我的路人甲
你还是我的路人甲

# 天宁寺

从南到北　东西两侧
数得过来的是天王殿大雄宝殿玉佛殿
方丈室上客房罗汉堂地藏殿
佛学院学戒堂放生池达摩阁
文殊殿普贤殿观音殿玉佛殿三宝殿

毁了又建的次数却数不过来
多少寺院与它如出一辙

只不过它很大
殿大佛大钟大鼓大鼎大
只不过它很老
始建于唐高宗永徽年间
只不过它叫过许多名字
广福寺齐去寺崇宁寺报恩广孝寺

只不过除了外像宏伟　它更加精妙
佛像或嗔或怒或喜或悲神态各异
砖雕木刻飞禽走兽无不惟妙惟肖

只不过它香火缭绕僧众云集
常年有佛事素斋很诱人
只不过你四季皆可参拜
你想要的菩萨都在

图书在版编目（CIP）数据

隔空对火／荣荣著． －－ 北京：中国青年出版社，
2017.11（中国好诗 . 第三季）
ISBN 978-7-5153-4990-9
Ⅰ．①隔… Ⅱ．①荣… Ⅲ．①诗集－中国－当代
Ⅳ．① I227
中国版本图书馆 CIP 数据核字 (2017) 第 279765 号


策划出品：小众书坊
责任编辑：彭明榜
书籍设计：孙初＋林业

中国青年出版社 出版 发行
社址：北京东四 12 条 21 号
邮政编码：100708
网址：www.cyp.com.cn
编辑部电话：(010) 84083920
北京科信印刷有限公司印刷　　新华书店经销

889mm×1194mm　1/32　5 印张　65 千字
2017 年 11 月北京第 1 版　2017 年 11 月北京第 1 次印刷
定价：40.00 元